poesy*ポエジー 21

空間

生沼義朗
OINUMA Yoshiaki

北冬舎

空間✴目次

装丁＝大原信泉

空間

Ⅰ　生きる！

生きる〈空間〉

二〇〇九年一月、都内某大学病院

救急部付事務職となり、ＥＲのもっとも端のスタッフとなる

カルテ、伝票、器材、検体、輸液、患者、あらゆるものを運んでおりぬ

つぎつぎと運ばれ来ては直される救急まさに修理工場

救急の部署名サインはＱＱと書けば済みたり救急なれば

ハロウィンの飾りかたづけ速やかにクリスマスツリーを倉庫より出す

医師は医師と看護師《ナース》は看護師《ナース》と事務職は事務職ばかりと会話しており

アンプルを冷やすがための冷蔵庫に職員の飲み物も冷やされつ

妻となる人と会えないこの夜の途方もなさを引きうけている

病院のなかにあるゆえローソンは二十一時で閉まってしまう

待ち時間を患者頻りに聴きくれば表情隠すためにマスクする

医師六人連れ立ち廊下歩くさまままさしくグロテスクとこそ知れ

生者は青の、死者はグレイのストレッチャーで運ばれておりそれぞれの室に

＊

ドクターが自ら動けばおおかたのことはすんなりゆくのだけれど

胃カメラを挿管すれば率直な反応として嘔吐は返る

急現を待ちいるなかの廊下にてレントゲン博士像と間向かう

現像を終えたばかりのレントゲンフィルムはつかに酢の匂い立つ

レントゲンで見ても一目で華奢なんだと分かる小指が見事に折れて

おおかたは中間色に塗られたるモノばかりなりなかんずくグレイ

ギプスして帰りしゆえに左足の靴のみブースに残されており

カウンターに空手チョップを繰り返す午前三時の田中事務職

来る患者途切れし合間ドクターは縫合《ナート》の仕方を教えておりつ

十六時間半におよびし夜勤終え、逢いたき人は仕事中なり

自宅への帰路はからずも通勤の人のながれに逆らうかたち

傘を差す肩先は濡れ、このようなものかヒエラルキーの底辺

考えないことが前進させてゆく力とも知る三十歳《さんじゅう》過ぎて

＊

カルテ室の入室カードは一枚しかないゆえ皆で貸し借りをせり

打てば響く、その感じもて導尿をなしゆく際に痛がる老爺

患者のごとく足を引きずる音のして手術着の医師が歩みていたり

高熱を出したがゆえに来てるのにピンヒールでなおもよろめくおみな

「もう私は死んでるんだ」という患者五人掛かりで押さえられたり

Dr 欄署名にありし〈五十嵐〉は崩しすぎて〈五十肩〉と読めたり

繁忙時とさにあらぬ時の差は著くたてこむときはまさに総立ち

夕食に蕁麻疹出て運ばれて来し患者あり今日三症目

*

二〇〇九年九月、川崎

工業力はつまり国力それならば工場というはあるいは砦

蒸気だか煙なのかは知らないが建物生きて白きもの吐く

工業専用地域すなわちコンビナートにカラオケボックス建ててよいらし

工業はいまひとたびの虹である。モノを産みだす力の束の

「千樽」とガイドは言えり　ビア樽の単位は一樽二樽らしも

ステンレスのレーンを走る製品の群を経済力と言うらむ

工場にモノをつくれる現場にてさわだつ要素がわれにもありぬ

*

二〇一〇年一月、川崎

いまさらに祠のような心地もて工場日記を拾い読みせり

つくるもの変えつつきちんと生きのこる工場日記のなかのルノーは

ざらざらの感性にいたく呼応するルルの糖衣のおざなりな白

映像を果てしなく製造していたるお天気カメラ涙ぐましも

現代の名工に美術品運搬のプロあり、ものつくりの一環なれば

「女の盛装は残酷」という台詞あり龍村織物描く小説に

ものつくる道具それぞれうつくしく皮膚のようなる銅鍋並ぶ

ひたすらに掃除機倒して耐久度テストしている人もおりたり

帝人は現在医薬医療事業が主力

ひとつつむ繊維が今や人体を支える繊維となりにけるかも

北海道の社員旅行の土産物みないっせいに白い恋人

そのかみの内閣ひとつ壊したるシーメンスいま補聴器つくる

アメリカはここから滅んだ　そのかみのグレイハウンド・バスターミナル

メーカーが滅びるさまに一国の興亡あらわに重ねられたり

II 移動する i

移動する〈空間〉i

平日の休日なればひたすらに電車に乗りいる日を欲しおり

忙中に閑ありされど金銭にならぬ忙なら忙とは言わず

移動にと費やすひとひ精神の橋《ブリッジ》として味わっている

中央東線

中央線はまもなく甲府　駒ヶ根を背にした街がやけに白っぽい

久保田早紀「異邦人」なぜかくまでも似合う景色か甲府近郊

大月の家並《やなみ》にモダンな建物は目立ちてありぬハローワークなり

富士急行線

雨の中げにやわらかく近未来に咲きたる桃の花が見えたり

伊豆急行線

曇天の伊豆熱川はあまりにも満身創痍の街としてあり

俗という荷に苦しみし温泉地に山口百恵の生活《たつき》を思う

小田急本線

枯れ笹は雨の朝《あした》に濡れ髪のごとく斜面に貼りついており

京浜急行本線

海水が時間もろとも凪いでいる浦賀水道に立ち尽くすなり

人格の中途半端は端的に、天気は雨、晴、くもり入り交じる

宇都宮線

移動にも風情と味気を欲すればボックスシートに座したかりけり

両毛線

クロスシートでは駅弁は食べにくく鶏弁当はついに出さざり

素寒貧、素寒貧とぞ鳴りそうな秋の畑を電車はよぎる

車中には帰路の学生多けれど水戸線に比してややおとなしめ

八高線

旅客車と通勤電車の中間の車中に居たり旅ならずして

女生徒二人クロスシートに向かい合い話せばそこはサロンめきたる

峠抜けて視界の急に開けおるときに列車は扉となりぬ

ゆうやけは空間すべての質感を染めあげてこそはじめて夕焼け

東金線

おちこちに秋のスギナの揺れており上総の国は黄色の目立つ

温暖の温の部分の濃く匂い、刈り取りしのちの田は見えて来ぬ

乗り継ぎのために降り来し成東は吹きっ晒しのホームが見事

総武本線

里山のいくつか脇を通り来て停まりし駅を見れば八街

南酒々井

それなりの街を抜け来て唐突に雑木林のなかなる駅へ

背もたれに頭を深く預けいる悦びは帰路の湘南ライナー

氷見線

終点間際窓開くごとく海は見え、奇妙なまでにあかるく白い

北陸の白き地表をゆく列車、氷見の海見てまた引き返す

真岡鐵道

一両の客車で足りる人びとが細き線にて運ばれており

水郡線

柵もなき農家の庭のすぐ横に列車は停まり、向こうはホーム

大糸線　松本―南小谷間はＥ１２７系電車

側溝につねに小さき水脈がある街と思《も》う松本の地を

大町を過ぎるすなわち思い出す坂本堤弁護士一家の死

まだ青き稲穂は戦ぐ海となり間《あわい》に仁科三湖のありぬ

南小谷―糸魚川間は非電化区間　キハ１２０形気動車

大糸線は陽から陰へ転じたり南小谷を境目にして
駆動音は車、ポイントの通過音は電車なりけりディーゼルカーは
山間の雲速やかに急転し、曇天似合う姫川となる

糸魚川駅から海は見えざりき　白くかわいた空があかるい

ほくほく線

無人駅に女子高生ひとり降りゆけり　いずれこの娘もここを出るらむ

湖西線

湖はひかりの器　その縁を走る列車もひかりの器

福知山線

黄金と緑の混じる田を抜けて西宮名塩あたりより都市となる

これという用のあらざる地域なら線の上すばやく駆け抜けるべし

外は雨

感覚は感情に支配されるゆえ昨日濃い水、今日薄い水

飲み残しし一口分の液体は丸一日を経て乾きおり

外は雨。とおくに今井美樹の歌聞こえるオフィスは虹のごとしも

五人にてガラスの板を運びいる姿はパントマイムのごとし

デカンタの水わけ合って飲む　のちにいかなる濃さの血へとなるらむ

失語までの距離思いつつコンクリートむき出しとなる歩廊をゆけり

聖夜から新年までの世間とは紅白金銀緑色なり

現実に揉まれるばかりの肉体で夜中にまたも足裏のつる

生涯は寒いばかりの環境に響く声音は中森明菜

夫の川

梅雨入りの背広を脱げば体熱は上着のかたちして腕のなか

生き続くことがつまりはそれならば、クーラー効いていても煉獄

梅雨なかの暑熱のなかに家族四人水をかぶったように集いき

穴あけのパンチャーをもてあけし穴の切断面のげにうつくしき

両の手に瘤のようなる血管の浮きいる人をまた父という

七夕前後

「夫の川」という誤植あり、妻が殺した夫の死体が川を流れる

どこまでも酒の力で羽ばたかぬこころなりけり　頭が痛い

携帯の電池ばかりが減ってゆく仕事中なり、唾液が粘る

砂なのね砂だったのねさっきより部屋にただよう倦怠《けだる》の因《もと》は

ゼブラゾーン

家族とは神話だったか、　おりおりに思うは一澤帆布のことぞ

男性用小便器に溜まる尿石のように介護に疲れし父は

水滴のあまた残れる浴室のなまなましさを同居と呼びぬ

遠火事はまた遠花火、親族間殺人つねにメディアの向こう

人形《ひとがた》をゼブラゾーンに四つ書けばそれは立派な家族となりぬ

下方修正

ゆるやかな上り坂ならちょうどいい　四度目の卯年に向け走り出す

季《と》遅《き》き野分ようよう過ぎし頃母が備前の皿貰い来る

冬というものあらわなり湯豆腐のかけらが汁《つゆ》の底にたまれば

硝子窓二枚かさねた向こうには埃に濁る池袋あり

精神の下方修正　蕎麦がないので温かい冷麦たべる

フリスビーくわえた犬が飼い主に連れられそれは紋章となる

闇鍋のなかで人参崩れおり　世界は鳥目、世間も鳥目

すなわち慶祝

オニキスの壺がきれいに砕け散るまで揺れたるを大地震《おおない》と呼ぶ

腎臓豆つまりキドニー・ビーンズの色に暮れたる大地とならむ

機会詩としての大地震《おおない》　おさまってのちはぱったり詩の出て来ざる

青焼きのコピーもて刷らる〈順延〉の文字面すでに泣きそうである

生きるすなわち慶祝となる世となれば無事の知らせがつぎつぎ届く

精神世界

雨の朝、電車のなかで閉じた傘の突起で掌《て》のツボしきりに押しぬ

梅雨《ばいう》とは陰気なちから、頭上よりしずかに国を征しおるらむ

あまりもの雨の強さに反対側ホームのキオスク歪んで見ゆる

吊り橋が大学正門前にあり、試されいるは智慧かモラルか

くろがねのつくえに向かいみな書ける答案こそが富国強兵

パフュームがあかるくかるく唄う夜《よ》の画面はなぜに青白くある

乾麺のスパゲットーニこすりつつうじゃらうじゃらと虹立つるまで

灰色のペンキで○を描いたらひろがる精神世界、ようこそ

比喩としての広い場所あり　呼ぶ声は場所をはたして狭くするらむ

財布

がま口の口にあらざるところから口開いてきて硬貨は洩れる

そういえば、食べ物購うときにしか主に使わぬ財布なりけり

レシートとファストフードの割引券もていずこまで膨らむ財布

労働はそんなに酷か　財布には大田胃酸とノーシンもあり

振込をされればただちに固定費は引かれ放銃《フリコミ》しているごとし

残金をやたら気にする生活は木馬で荒野を旅するごとし

金だって原発だって同じこと、つまり胡乱な力なるらむ

〈金のため〉が大義にならず〈仕事のため〉が大義になるあたりよりおかしい

あたらしき財布購う　またしばらくこれがあらゆるものを支える

死んでしまえという声が

マンションの廊下の門灯等間隔にならべるさまは劇場となる

問題は単純ゆえに深刻で集合十分前に起きたり

人間のいのちの匂いしていたりナトリウムランプに照らされる歩道

センサーに点灯している門灯の白さ、まったく恥じらいのない

どうせなら尊敬できる人物とのみ戦えというメール来る

制度とは糸　つかまれば助かるが見えるところに垂れておらざりき

津波よりのちの沖鳴りお前など死んでしまえという声がする

タンメンとワンタンメン

タンメンと聴けばとっさに頭にはワンタンメンが浮かんでしまう

切れ目なき仕事が生活《たつき》をしばるとき夢のなかでもメール打ちおり

大病と言わざるを得ぬ病得しちちはは居れば中年ならむ

過眠症の薬出すとき「オリンピックは録画して見ろ」医師の言いおり

多摩都市モノレール

日曜の仕事にて乗るモノレール気だるさ行楽相半ばして

朝焼けは凶兆たりぬ　教会の屋根のあまたのひかりとともに

高校生の坊主頭が眠りおり車窓にあたまのあぶら移しつつ

丘陵はあまねく家屋に覆われて、ときたま丘陵のてっぺんに学園

立川北駅で大量に降りたあと、立川南駅で大量に乗る

たましいの極まる場所

逡巡は置き忘れてくることが吉　あらゆることのつぎつぎ決まる

細部という細部が雪まみれの朝、夜衣《よぎぬ》のようにカーテンは垂れ

とびっきりさみしいものの象徴として中央分離帯の根雪

安くない金の要るゆえいろいろの物購うはたまきわる作業

島忠とニトリの株主優待券もらえど近くにどちらもあらず

打ち合わせに入るタリーズの隣席に裏返されしマスク水色

エンボスのように時間におりおりの時刻は押され、境涯となる

行動にかさなる速度　おおかたの予定そのまま事実とならむ

たましいの極まる場所となるあわれ家計について話し合うとき

水滴を重ねるようにすごす日の底にたしかに関係はあり

いかにして等身大に生きゆくか　隣に妻がお茶入れている

III　移動するii

移動する〈空間〉ii［在来線と船とバス］

「さまよえる合宿」２０１２年９月15日―16日

9月15日(土)

07:06
土曜日の下りと言えど七時台になれば電車はすでに混んでいる

07:30
えきねっとの受け取り忘れ、新宿の駅にて一度降りて引き取る

07:48　神田駅2首

雑然としたる神田に停車せり　昨夜九時まで働けるところ

神田にてワイシャツ多く降りてゆくキャリーバッグはおそらく次で

07:58

銀の鈴広場に降りる階段の混みあう旅立つ前の人らで

08:15　東海道線普通・熱海行

在来線に乗り込む歌人八人は面妖なれど旅ゆえ不問

08:31　川崎駅前後2首

河川敷にリトルリーグの児のあまた残暑ますます烈にして酷

あたらしき複合施設はおしなべて船なり多くの人を乗せつつ

08:45　保土ヶ谷駅通過

〈谷〉の字のつく地を鳥瞰する電車　随所にはりつくごとく擁壁

09:01　藤沢駅着

藤沢はあまり変わらずほんのりと疲弊している老舗の街は

09:05　辻堂駅着
ショッピングモールにあるはお決まりのユニクロ、アカチャンホンポ、サミット

09:13　平塚駅周辺
工場と住宅地とが混合し、すなわち郊外と都市が混じる

09:25　大磯駅着
こんもりとした山の脇ぬけてより旅の旅たるニュアンス滲む

09:30　二宮
海沿いを走る実感　小ぶりなる街を芯にし展ける海辺

09:41
国府津、鴨宮と来て昭和式美容室などおりおり見ゆる

09:47
早川の駅の南に大いなる水の展けてあかるかりけり

09:50
崖《きりぎし》を線路は走り海景のところどころを隧道は断つ

09:53
根府川の駅のホームの唐突におちこちコンクリ掘り起こされつ

09:57
真鶴の丘のてっぺんに胡乱なるホテル・シルクロードの看板

10:01　湯河原駅着
扇状に建つ町並みの奥は海、風光明媚とこれを言うなり

10:10　終点・熱海着、ここで乗り換え
前近代的構造にまみれつつリゾート地のまま終わるか、熱海

10:20
函南に向かう景色はおしなべて隧道のなか　箱根の殿《しんがり》

10:32

明白に視界展けてあかるめば三島を抜けてさらに沼津へ

10:35　沼津駅着

そのかみの大垣鈍行からさらに鈍行をもて網干まで行きき

大手町バス停まで徒歩で移動

アーケードに空きテナントのぽつぽつとあればこれこそ地方の灯り

11:16　定刻になってもバスが来ない

水際を恋うるこころははからずも〈温水プール〉行バスに向く

11:25
「聖隷病院入口」バス停越えてよりすりへるように乗客は減る

11:43　沼津港食堂街バス停にて下車
昼闌けて立ち止まるごとき沼津港の時間を人がうごかしている

11:50　魚市場の食堂で昼食
円卓に歌人四人の座すれども存外共通する話題なし

12:20
海鮮丼〈駿河〉を喰えばゆるやかな旅疲れにて眠くなりたり

13:00

炎天の湾口ゆけばやや迷いつつも牧水記念館に着く

所得控除申請書まで展示され昭和三年は二四〇〇円

ラウンジの隅の書棚に冬鳥も富小路禎子も一緒に並ぶ

14:05　沼津港水門施設「びゅうお」

水門は終末の門　きんいろにひらく門よりなにもの出ずる

展望台は二本の塔を連絡橋がつないでそこをぐるぐる回る

水面は無数の鏡　反射するひかりに現身しばし焼かれる

魚市場に面した窓より入りくる風にししゃもの焼ける匂いあり

15:40　自由時間終了間近。集合場所へ

港内のひかりは徐々に夕焼けに傾きはじめしろくかたまる

15:50　戸田運送船㈱ホワイトマリン乗船場待合室

よろず屋の一隅という風情なる待合室のベンチに待てり

メモを取る待合室はおそろしくただよう時間のげにしずかなり

16:00　高速船ホワイトマリンII　戸田行発船

ディーゼルエンジンで動くがゆえにエンジンをかければ気動車と同じ音

時間だけはとっくに凪いでいるような午後光のなか船は出でゆく

水門をくぐり港外港に出る途端船尾の飛沫は高し

スクリューのうしろすなわち水脈しぶくそのへりぎわに立っている虹

車とは違って未だしばらくは石油で動く機関とこそ知れ

16:30　戸田港着

夕照は凪に映えるなか潮風とひかりまみれの身体となりぬ

16:40　迎えの車が来るまで、港の土産物屋を物色
結局は白いご飯に合うものを買うのは性かあるいは業か

17:00　宿・魚庵さゝ家着
一日の距離と湿度を背負ううち黒きポロシャツ塩ふいており

17:10　ロビーで一服
カルピスウォーター飲んでグリーンティー飲んで、後者とっても甘いという件

17:55
いっせいに浴衣に着替え連れだって男四人は大浴場へ

18:30　夕食。食事処へ向かう

焙烙のなかで鮑の肌色は灰色になるそれを食しおり

20:00　各自、部屋に引き上げる。内訳は女子3部屋、男子1部屋

清書する合間合間につまみたるしるこサンドは結構固い

隣室でゴキブリポーカーに興じいる石川美南のおりおりのこえ

9月16日(日)

06:00
朝風呂は明るい視界　朝六時に起きて浴びればまさしく露天

08:00
大名汁、ウニ椎茸、翡翠卵　印象深き献立のあり

10:00　沼津登山東海バス　虹の郷経由修善寺駅行き
伊豆の野を越えて峠をなお越えてバスは石油で動かす脚絆

10:21

遠心力に振り回される戸田峠　越えればバス代六百七十円

10:35　「ニュータウン入口」バス停

日曜日に学生服が乗ってきて何処へ向かうか終点ならむ

10:42　修善寺温泉バス停で下車

起こされて降りているバス　修善寺の前とりあえず神社に参る

駿河から伊豆へ移れば土産物も魚から山葵、黒米となる

13:08　沼津登山東海バス　修善寺駅行き
バス乗車わずか十分にて終わりつまりはショートカットに過ぎず

13:17　伊豆箱根鉄道駿豆線修善寺駅着
終着駅かつ観光の玄関は白くて古くて大きく粗い

13:33　大仁駅着
大仁と聴けば梅原龍三郎の大仁富士の赤と黄浮かぶ

13:44　韮山駅着
〝反射炉を世界遺産に〟駅前の横断幕の必死と健気

13:55　三島二日町駅着。終点三島まであと約3㎞

駅名に三島が冠されるあたりより市街へと移行してゆく

14:02　三島駅着

十三駅20㎞《キロ》弱乗り終えつ三十五分はうつつにあらず

Ⅳ　生きる：

雨と花野

真夏へと向かう途上の雨なれば強く短くひたむきに降る

雨音のなか二度寝する身体《しんたい》も脳もこぼれんばかりの花野

いっしんに降る窓外の長雨は花野やしなう水となるべし

不定愁訴までもゆかないこのだるさ、午前の仕事をことごとく圧す

耳に入りし水あたたかく戻りくるさまにわれへと還るたまゆら

ひと仕事終えたる妻は土曜に早起きし鉄鋼埠頭に海を見ている

花植えて花育むにも金が要る　中央通りに咲くチューリップ

おのずから産まれる熱を放ちたるごとく駆けゆく二歳児二人

冷蔵庫に豆富半丁腐らせて妻に知られぬように捨てたり

言葉が先かこころが先か分からぬがに卵を黄身と白身に分ける

夜の頭上を自衛隊機の進みたり　暗渠のなかにも銀河はあらむ

爆ぜる仏手柑

金茶から黄赤に至るゆうやけのなかに皇宮警察立つ

本能寺燃え朽ちるときおりおりに金茶に輝く焔もあらむ

楊梅《ヤマモモ》の樹下の門扉にかかりいる南京錠に銹しるく浮く

内蔵助遊びほうけているときの十八世勘三郎の茶羽織

状況に時事の滲める九月尽、熾火に爆ぜる仏手柑《ぶしゅかん》一顆

ダイエットシュガーを茉莉花茶に入れる、金華山沖海域そよぐ

大森山王

暑さにも寒さにも弱くなってゆく身体引っ提げ季節を迎う

秋口は水から景色は白くなりなべて透明になるころ終わる

シャワーヘッドに溜まった昨夜の水冷えて歳月傾くなかに過ごせり

夫婦のみの二人居なれど寝室に匂いのちがう毛布それぞれ

おりおりに家具に指輪があたりたる傷は増えても減ることのなし

工務店入口の引き戸音たてて開け閉めしつつ今年も終わり

午後二時にすでに夕やけめいてきて大森山王暮れはじめたり

重機もて掘り起こしいる黒土のなかにしばしば霜の混じりぬ

柚子、南瓜、日に日に冴えてゆく夕陽　黄色にまみれ向かう歳晩

品川シーサイド

万物のゆるぶ春なり　庭先の霜からみあい泥となりゆく

酒呑めば記憶はおちて春の雨、誰も鬼籍よりは戻れず

壁紙の文様一面青海波へ朝の陽ゆっくり射しはじめたり

青海波のすみずみにまで陽はおよび春の海にとなりにけるかも

朝の卓になまなましく妻語るなり　内澤旬子が豚飼う話

もらいたるラング・ド・シャクッキー気がつけば袋のなかでこなごなになる

りんかい線に過ぎる品川シーサイドはいかにも春らしい名前なり

立ちたるはさくらかあるいは蜃気楼あるいは白き妻の顔《かんばせ》

根負け

生活をこの手で支えているけれどまあなんという薄いてのひら

外に立つ労働《えだち》にあれば雪を掌《て》に佇むことを許されており

1／4にカットされたる冬瓜は日を経るごとにわた浮きはじむ

湯島聖堂にても御朱印くれるらしと聞きてなにやら根負けの感

夕照に貌の片側灼かれおり　刑死も戦死も大差はあらず

死地に赴く歌

大暑から処暑へのさなか雨降れば洗い晒しの地はすぐ乾く

単調な作業にあれば高校野球中継ミュートにして流しおり

〈薬〉〈酒〉と大書してあるウエルネスはさながらマッチポンプのごとしも

陽光は残暑の憂いを帯びはじめ金襴緞子の様相となる

逆光は人を塑像のようにする、なる喩を突如思い起こせり

心身が健やかならざれば死刑さえ執行されぬ死刑囚あり

煮しめたる色にも見える青年の着たるうすきカーキ色したTシャツ

いずれ死地に赴く歌が謳われる　We Are The World みたいにあかるく

神も仏もいなくなったと思う頃、門の向こうに軍神はいる

枝肉

ざらざらの夕陽がつよく射してくる　あばただらけの土のおもてに

四十歳《よんじゅう》を超えてまもなく四十肩となる身かかえてわが働けり

背表紙を戦病死とぞ聞き違え、血中数値はますます太る

天気雨止めばひかりは磨かれてされど湿気に満ちいる世界

ひと駅の間に「死ねや」が十回も出てくる会話を隣席に聴く

枝肉がつぎつぎ海に捨てられる夢をみており戦後のその後

髪を豊富に有する妻は土曜日の午後に縮毛矯正に行く

グリセリンと重曹入りの水をもて中耳洗えば世界は遠い

秩父へ

秩父路はまさしく花野　その奥を二輌の秩父鉄道過《よぎ》る

秋真昼ひかりは降りて古びたるビルはココナッツのように白みぬ

えぐられた石灰あらわに晒しつつ神奈備として武甲山立つ

観音霊場へ向かう途上の畑にはなにゆえ隅にブランコのあり

観音様の縁日だとて六角の薄荷飴二番札所にもらう

ガンカー・プンスム

かなしめばかなしむほどに曇天のかがやきの銀は緑茶にもおよぶ

持ち時間じりじり減ってゆくごとき生活《たつき》のさなか清瀬秋冷

あらためて他者だとおもう、きんつばを呑みこむように食べている妻

風流夢譚事件ふたたび起こり得る世なりオリーブオイル買い足す

灯油売りの過《よぎ》れるときに椅子の背に掛けしスカートまた滑り落つ

冬旱《ふゆひでり》のなか思うなりまだ誰も踏破をせざるガンカー・プンスム

ビールかけ

サイダーの壜とり落としたりビールかけはおそらくせずに死ぬだろうわれ

鼻かめば血のかたまりの混じりおり　テレビにはヒラリーとトランプ

ある日突如太った猫を抱えつつ妻が帰って来そうな気がする

ＣＭをひとつ見終えてさて何の広告だったか思い出せざり

胃カメラの麻酔を鼻に入れるとき眼裏にたしかに拡がる花野

鮭を蛙と誤植している『冬暦』を読みつつ馳せる戦後のつぶつぶ

失われた二十年

時が止まる、ように感じるそのときにはつかに白くなりゆく世界

失われた二十年を取り戻すのにむしろ必要なのは祈祷師

デフレとは陰気な妖怪、ぼそぼそとやや値上がりし牛丼を喰う

左からのみ鼻汁は垂れはじめ、しだいに時空が歪む気配す

死んだとて時は止まらずランタンの炎はながく燃えつづけたり

巨いなる０《ゼロ》浮かびおり日本にもいずれポル・ポトあらわれいずる

雨と松脂

ホームにて電車待てるに駅蕎麦の店よりタイマーの音聞こえくる

いっせいに同じ向きなり病院のロビーのくすんだ藍色の椅子

玄関に会話まぬるく食い違う新聞集金のおじさんとわれ

「はた迷惑」という語なかなか口にすることなかりきと業務のさなか

松脂のにおいが雨とともにして、またも人間関係にしくじる

生活《たつき》から人生までもこじらせる日々やりくりし一つ年とる

泥土に星

心技体の歯車ひとつ狂うだけで卵炒めにさえもしくじる

早朝の頭上に水の音はしてこちらもトイレの水を流しぬ

十両の取組をする年下の安美錦関を励ますこころ

取的が黒き木綿の締め込みをしめておおむね同じとなりぬ

新序出世披露の口上述べにける行司の素足が残像となる

図らずも生きるは沼という姓《かばね》、一生《ひとよ》はつまり泥にまみれて

あれはたぶん夜明けのしるべ　積もりゆく泥土の上にも星はかがやく

一日に靴下なんども履いて脱ぐ五月はじめの一週間は

あたたかき日差しをうけて痒いなか史跡公園まで散歩する

水仕事楽しくなって、腕まくりした袖まで濡れてさて衣替え

鍵と鍵穴

過眠症を抑える錠《じょう》となりぬべし起きてすぐ飲むコンサータ18mg

壊れたる木製の扉ゴミとして捨てられてあり春の日暮れに

ナショナリズムは鍵にはあらず、グローバリゼーションという扉《ドア》壊れても

クールジャパンは鍵か扉か、ジブリアニメもベビーメタルも鍵か扉か

手土産はさながら鍵のようなもの、水羊羹提げ見舞う一人《いちにん》

宮益坂登るさなかにふり向けば扉をひらくごとき視界は

季節にはあきらかな扉なけれどもたしかに扉をもう過ぎている

水の上を駆けるがごとき歳月を感じてにわかに老いる壁紙

歳月はここにも滲む　玄関のだんだん回りにくくなるシリンダー

割れ鍋に綴じ蓋という喩もあるが、婚姻はつまり鍵と鍵穴

時間空間

冷蔵庫にバナナは黒く熟しおり甲高き午後にサイレンは鳴る

もとどりを切ってざんばらになるように雨降るなつの夕暮れである

B４の紙をひっくりかえすときなまめくごとき空間時間

履く靴を買い替えるとき楽しかりけりそれが安全靴であっても

そのかみの山梨学院オツオリは三十七歳にて事故死せり

武田百合子が沢田研二《ジュリー》讃える随筆を妻の寝《やす》めるかたわらに読む

カーテンのドレープ深し　冷房の効きすぎている会議はつづく

梵鐘の残響左右《さう》に揺れるなか時間空間とわれも揺れたり

父母は近い将来去ぬること考えるうちに眠りに就きぬ

折り返し地点をすでに過ぎていることを思えば豆腐が脆い

あとがき

二〇〇四年から二〇〇八年までの作品のうち、先の第二歌集『関係について』に編集テーマ的に収録できなかった作品と、二〇〇九年以後に制作した作品とで、この集を編んだ。主に短歌総合誌などに発表した三五六首を選んだ。

この八年間も、身辺ではそれなりにいろいろなことがあった。それらをすべて歌にしたわけではないが、生活している中で〈空間〉というものを意識することが多かった。自然に、それを念頭にしてできあがった作品の数が増した。

そこで、この集をまとめるにあたって、観念的にすぎるかもしれないと思ったが、この前の歌集名に〈関係〉という言葉を用いたこともあって、あえてこの題にした。

自分は、五感を通じて知覚したものを、自分の精神や思考を通過させてしか作品化できない。べつに何か具体的な出来事があったわけではないが、そのことをいやというほど自覚した八年間でもあった。

お忙しいなか、栞文をご執筆下さった西村美佐子さんと斉藤斎藤さんに心より御礼を申し上げます。お二方とも比較的近しい方々だが、これまでこちらの作品について、忌憚のない具体的なご意見をお伺いした機会があまりなかったので、たいへん信頼し、尊敬している書き手であるお二方がどのように読んで下さるか、失礼ながら、単純な興味に惹かれて、お願いした。

刊行にあたっては、前歌集同様、北冬舎の柳下和久さんにひとかたならずお世話になった。とくに、「ポエジー21シリーズ」で歌集を出すことは以前からの希望だったので、叶ったことを素直に喜んでいる。このシリーズを装丁している大原信泉さんのデザインも、いつも楽しんできたので、ことに嬉しい。ご両者に御礼を申し上げる。

前歌集の「後記」に、「一人の女性の存在が精神的に大きな支えになっている」と書いたが、歌集出版後に結婚して、埼玉県内に転居した。その生活も七年目に入った。あらためて感謝したい。

二〇一九年三月末日

生沼義朗

本書収録の作品は２００４年(平成16年)―17年(平成29年)に制作された３５６首です。本書は著者の第三歌集になります。

著者略歴

生沼義朗
おいぬまよしあき

1975年（昭和50）、東京都新宿区に生まれる。93年、作歌開始。94年12月、日本大学芸術学部在学中に「短歌人」入会。98年、第43回「短歌人新人賞」（現・高瀬賞）を受賞。2002年、第一歌集『水は襤褸に』（ながらみ書房）を刊行。同歌集で、第9回「日本歌人クラブ新人賞」を受賞。04年、第49回「短歌人賞」を受賞。05年、同人誌「［sai］」創刊に参加。07年、アンソロジー歌集『現代短歌最前線　新響十人』（北溟社）に参加。12年、第２歌集『関係について』（北冬舎）を刊行。17年、［別人誌］「扉のない鍵」を副編集長として創刊。現在、「短歌人」編集委員。

現住所＝〒352-0032埼玉県新座市新堀3-1-21-403

メールアドレス＝oinuma391@gmail.com

空間

2019年6月20日　初版印刷
2019年6月30日　初版発行

著者
生沼義朗

発行人
柳下和久

発行所
北冬舎

〒101-0062東京都千代田区神田駿河台1-5-6-408
電話・FAX　03-3292-0350
振替口座　00130-7-74750
https://hokutousya.jimdo.com/

印刷・製本　株式会社シナノ書籍印刷

ISBN978-4-903792-69-9　C0092

北冬舎の本＊

［ポエジー21］シリーズ

まくらことばうた　ポエジー21-Ⅱ③　**江田浩司**
すずがねの早馬駅家に風光り
釣瓶落としに来世きたりつ
1900円

正十七角形な長城のわたくし　ポエジー21-Ⅱ②　**依田仁美**
江戸前に短歌たたきて一本気
有終とおきわがクロニクル
1900円

帰路　ポエジー21-Ⅱ①　**一ノ関忠人**
右足首にテープ一枚の識別表
此ノ生ノ帰路茫然として
1600円

香港　雨の都　ポエジー21①　**谷岡亜紀**
紛れなくわれも亜細亜の一人にて
風の怒号の城市に迷う
1400円

饒舌な死体　ポエジー21②　**江田浩司**
死体は死ねない。
わたしの足の水虫は夢を見る。
1400円

個人的な生活　ポエジー21③　**森本平**
みがかれぬまま老いてゆくのが
わたくしと昼の私・夜の私
1600円

出日本記　ポエジー21④　**中村幸一**
認識の主体がないのに在るなどと
愚鈍なお前は出ていきなさい
1600円

東京式99・10・1―00・3・31　ポエジー21⑤　**藤原龍一郎**
都塵吸い都塵を吐きて酩酊し
酔生夢死の日を夜を一生
1700円

異邦人朗読のためのテキスト　ポエジー21⑥　**吉村実紀恵**
約束もなくてオープンカフェにいる
今日は朝から乳房が重い
1600円

＊好評既刊　　価格は本体価格

［ポエジー21］ⓈシリーズⅡ-4付録
2019年6月◆北冬舎

生沼義朗｜空間

空間という場所

西村美佐子

『空間』は、これまでの生沼さんの短歌集とは異なる趣をもつ。あるいは、作品上の転機を意識しての一冊だろうか。微妙な心動きをモチーフとするオーソドックスな作りの歌は影を潜め、具体的なモノや現象を衒うことなく描写してゆく。その変化は、現実に対する感じ方に再発見があったのではないかと思わせる。さらに、世代論的な読みや、共感という甘やかしから離れようとしているようにもみえる。

13:17 伊豆箱根鉄道駿豆線修善寺駅着
終着駅かつ観光の玄関は白くて古くて大きく粗い

「移動する〈空間〉ii［在来線と船とバス］」は、「さまよえる合宿」（２０１2年9月15日〜16日）を素材とする連作である。詞書きとして、列車やバス、船の発着の時刻が記されている。「13:17」と表記された数字は、旅の足取りのリアリティを高め、言葉以上に作品に機能する。この連作の魅力は、場所と作品との緊密さにある。移動する先々の場所の固有性を重視し、ときに一首の完成度を無視してでも、場所ごとの臨場感に拘る。ぐんぐんと詠み捨ててゆく感じが実に気持ちいい。一行に完結する詩型ゆえの場面転換につれて加速する連作、そうした試みとして読むのが面白い。

「場所」は、本集の核心となる概念である。例えば、「生きるｉ」は、公的な存在である病院や工場という場所、「生きるii」では、私的な日常を場所とする作品が収められる。それぞれの場所にさまざまに現れる空間は、場所と同義な存在として見做され、それはしばしば、「現場」という言葉で認識される。

工場にモノをつくれる現場にてさわだつ要素がわれにもありぬ

工場にモノを作れる現場、という屈折した言い方が巧みだ。モノを作る工場、が対象ではない、工場というモノをつくる場所＝現場という空間を問題にしている。「要素」とは共振振動する針のようなものだろう。直截に「われ」とは言わず、「要素」がある「われ」が「さわだつ」という自己確認の畳み掛けが、歌に奥ゆきを齎す。このわれは、言葉に関わるわれ、だろうか。モノをつくる工場という場所も、言葉に関わるわれという場所もそれぞれに現場であり、現場であり続けるしかない。

一冊を通して、「われ」を直接用いた歌は五首のみだが、作中主体の姿は、多様な場面において描かれる。仕事をする、電車に乗る、妻の隣りにすわる、あたらしい財布を購う、湯豆腐を食べる、B4の紙をひっくり返す……など、日常の一つ一つの言動を暴いてゆく。その半ば自虐的な作品は、われという場所をすでに引き受けた証のようであり、それゆえの開き直りのようでもある。

「Ⅳ 生きるii」に、このような美しい作品がある。

灯油売りの過《よぎ》れるときに椅子の背に掛けしスカートまた滑り落つ

初句の「灯油売り」が季語の働きをし、一首の空間を見事に展いてみせる。そこに滑り落ちるスカートは喩すれすれの能動性をもち、「また」の語が時間の経過をそれとなく知らせる。「過《よぎ》れるときに」というタイミング設定もうまい。ある冬の日の、無言にしてエンドレスな動き、空間そのものが婀やかな詩である。

現象を歌に現わすのではなく、言葉によって、定型に現象を構築する。灯油売りの歌は、そうした手続きの上に、空間それ自体を作品化し得たと言えるのではないか。「瓶にさす藤の花ぶさみじかければたたみの上にとどかざりけり」に子規が出現させた空間も、空間という具体の提示であり、空間性の表現ではない。

いまさらに祠のような心地もて工場日記を拾い読みせり

『工場日記』の著者シモーヌ・ヴェイユは一九三四年、哲学教師の職を捨て、見習い工としてルノー等の工場で働く。その約一年間の手記が『工場日記』である。そこで彼女は、過酷な労働に従事する一労働者であると同時に、書くという行為によって、観察する側にも転じる。その日記はときに、数行の詩のようにもみえる。書くという行為とはなにか、言葉との空隙も含めて、その問いはいつも「いまさらに」であり、「まさにいま」でもある。「祠」とは空間であり、書くことの初まりは、空間という場所に向き合うことなのかもしれない。

斉藤斎藤　あなたはだんだん好きになる

藤沢はあまり変わらずほんのりと疲弊している老舗の街は

「移動する〈空間〉ii［在来線と船とバス］」の、東海道線に熱海まで乗るくだりの一首。「あまり変わらず」は第一に、沿線の川崎や辻堂に比べ再開発が進んでいないという意味だが、第二に、作中主体がいつだか見た藤沢と比べると「あまり」という、個人の感想も含まれている。で、たとえば上司と電車に乗って、「藤沢は変わらないなあ」とつぶやかれたら、「住んでらっしゃったんですか」とか反応せざるを得ないだろう。しかし、もしその上司が生沼さんだったら「変わらないすね」で大丈夫そうだし、なんなら聞き流しても怒られなそうだ。その種の人徳が作者にはある。

〈谷〉の字のつく地を鳥瞰する電車　随所にはりつくごとく擁壁
海沿いを走る実感　小ぶりなる街を芯にし展ける海辺
ショッピングモールにあるはお決まりのユニクロ、アカチャンホンポ、サミット
前近代的構造にまみれつつリゾート地のまま終わるか、熱海

一首目、「鳥瞰」は「擁壁」に引っぱられ、上空高く飛び上がりすぎない、ドローンのような視野をもたらす。二首目も三句以降、車窓からやや離陸して、ななめ上から広がる景色だ。四首目「前近代的構造」の批評性も、結句「終わるか、熱海」の電車でなんかぶつぶつ言う上司口調に引っぱられて、これなら熱海も笑って流してくれそうだ。生沼さんの「空間」は、空間という語から通常イメージされるような幾何学的、抽象的なそれではない。鳥瞰的でありつつ虫観的で、批評的なようで人間くさい、二・五次元の空間だ。

工場と住宅地とが混合し、すなわち郊外と都市が混じる
行動にかさなる速度　おおかたの予定そのまま事実とならむ
エンボスのように時間におりおりの時刻は押され、境涯となる

一首目、肉眼で見た工場や住宅をふたつの引き出しに整頓し、各引き出しに「郊外」「都市」とラベルを貼ってゆくようだ。二、三首目も、手帳に書かれた予定が実行に移され、実行された行動が日記に刻まれるかのよう。いわゆる写生の歌とも、いわゆる認識の歌ともちがう。写生と認識のあいだの、認識と行動のあいだの、たいていの人が無意識に処理するだろう過程が律儀に言語化され、作者の脳内工場見学のようにわくわくする。

精神の下方修正　蕎麦がないので温かい冷麦たべる
感覚は感情に支配されるゆえ昨日濃い水、今日薄い水
五人にてガラスの板を運びいる姿はパントマイムのごとし
聖夜から新年までの世間とは紅白金銀緑色なり
医師六人連れ立ち廊下歩くさままさしくグロテスクとこそ知れ

一首目「精神の下方修正」は、半分は意識的なユーモアだけれど、半分は本気と感じるのは、「感覚は感情に支配されるゆえ」と同じ出どころの言葉だからだ。三首目、ガラスの板を運ぶ姿がパントマイムみたい、というちょっとしたおもしろを、「ごとし」と締めくくるのがおもしろだが、

しょうもないことを格調高く言う落差の笑い、みたいな余裕は感じない。ちょっと面白い冗談は、その面白さと同じくらいちょっと面白く言わんとする作者の生真面目さに、読者のわたしは笑いながら身につまされているとおもう。

あたらしき財布購う　またしばらくこれがあらゆるものを支える
安くない金の要るゆえいろいろの物購うはたまきわる作業
〈金のため〉が大義にならず〈仕事のため〉が大義になるあたりよりおかしい
十六時間半におよびし夜勤終え、遭いたき人は仕事中なり
あらためて他者だとおもう、きんつばを呑みこむように食べている妻

金の歌の切実な批評性や、妻の歌の無防備さが印象に残る。もっとも身近な他者として、妻をひんやり描こうとしたものの、結果のろけているようにしか見えないきんつばの歌が大好きだ。やっぱり短歌は人なので、どんな歌集を読んでも作者のことは好きになる（し、好きになれない作者の歌集は、読み通せない）ものだけれど、この歌集はとりわけそうだ。『空間』を読めば、生沼さんの生きてる空間がどのようなとこかあなたにもよくわかるだろうし、生沼さんのことがあなたは好きになるだろう。